U0080572

閱讀123

國家圖書館出版品預行編目(CIP)資料

怪博士與妙博士 2／林世仁文；薛慧瑩圖
-- 第二版 . -- 臺北市：親子天下，2019.05
140 面；14.8x21 公分 . --（閱讀 123 系列）
ISBN 978-957-503-372-9（平裝）
859.6 108002936

閱讀 123 系列 —— 053

怪博士與妙博士2
失敗啟示錄

作者｜林世仁
繪者｜薛慧瑩
責任編輯｜蔡珮瑤
美術設計｜蕭雅慧

天下雜誌群創辦人｜殷允芃
董事長兼執行長｜何琦瑜
媒體暨產品事業群
總經理｜游玉雪
副總經理｜林彥傑
總編輯｜林欣靜
行銷總監｜林育菁
副總監｜蔡忠琦
版權主任｜何晨瑋、黃微真

出版者｜親子天下股份有限公司
地址｜台北市 104 建國北路一段 96 號 4 樓
電話｜（02）2509-2800 傳真｜（02）2509-2462
網址｜ www.parenting.com.tw
讀者服務專線｜（02）2662-0332 週一～週五：09:00~17:30
讀者服務傳真｜（02）2662-6048
客服信箱｜ parenting@cw.com.tw
法律顧問｜台英國際商務法律事務所 ‧ 羅明通律師
製版印刷｜中原造像股份有限公司
總經銷｜大和圖書有限公司 電話：（02）8990-2588

出版日期｜ 2014 年 8 月第一版第一次印行
2024 年 10 月第二版第六次印行
定價｜ 280 元
書號｜ BKKCD118P
ISBN ｜ 978-957-503-372-9（平裝）

訂購服務
親子天下 Shopping ｜ shopping.parenting.com.tw
海外‧大量訂購｜ parenting@cw.com.tw
書香花園｜台北市建國北路二段 6 巷 11 號 電話（02）2506-1635
劃撥帳號｜ 50331356 親子天下股份有限公司

怪博士與
妙博士2
失敗啟示錄
文 林世仁
圖 薛慧瑩

目錄

怪博士和妙博士在圖書館找資料。

一隻蚊子飛過來。

「喂，別叮我！」怪博士揮揮手。

「等一下，」妙博士戴上語言翻譯機。

「牠不是要叮你，牠是要叮書——牠說這裡的書真好看！

尤其是這一本《成功啟示錄》。」

「成功我懂，」機器人叮咚問：「啟示錄是什麼意思？」

「啟示錄，就是可以讓人得到啟發的事。」妙博士說。

「我知道了！」叮咚說：「這隻蚊子給了我一個啟示。」

「我來猜——」怪博士說：「大家要多讀書，不要讓圖書館變成蚊子館？」

「不，」叮咚說：「是圖書館的破紗門該換新的了！」

妙博士

大家好，我是妙博士。我住在妙妙城。
我熱愛所有生命，尤其是動物、植物——
還包括人眼看不見的喲！
看過上一本書的小朋友，
一定都知道我和怪博士是好朋友。
也一定知道我和他誰最聰明吧？

怪博士

我姓怪，名博士——哈，才怪！
不過大家都叫我怪博士。
我住在怪怪鎮，最愛幫大家發明怪東西，
像天氣隨身包、一定醒鬧鐘、天空遙控器、
神奇橡皮擦……想知道它們有多好玩嗎？
在上一本《怪博士與妙博士》裡有介紹喔！

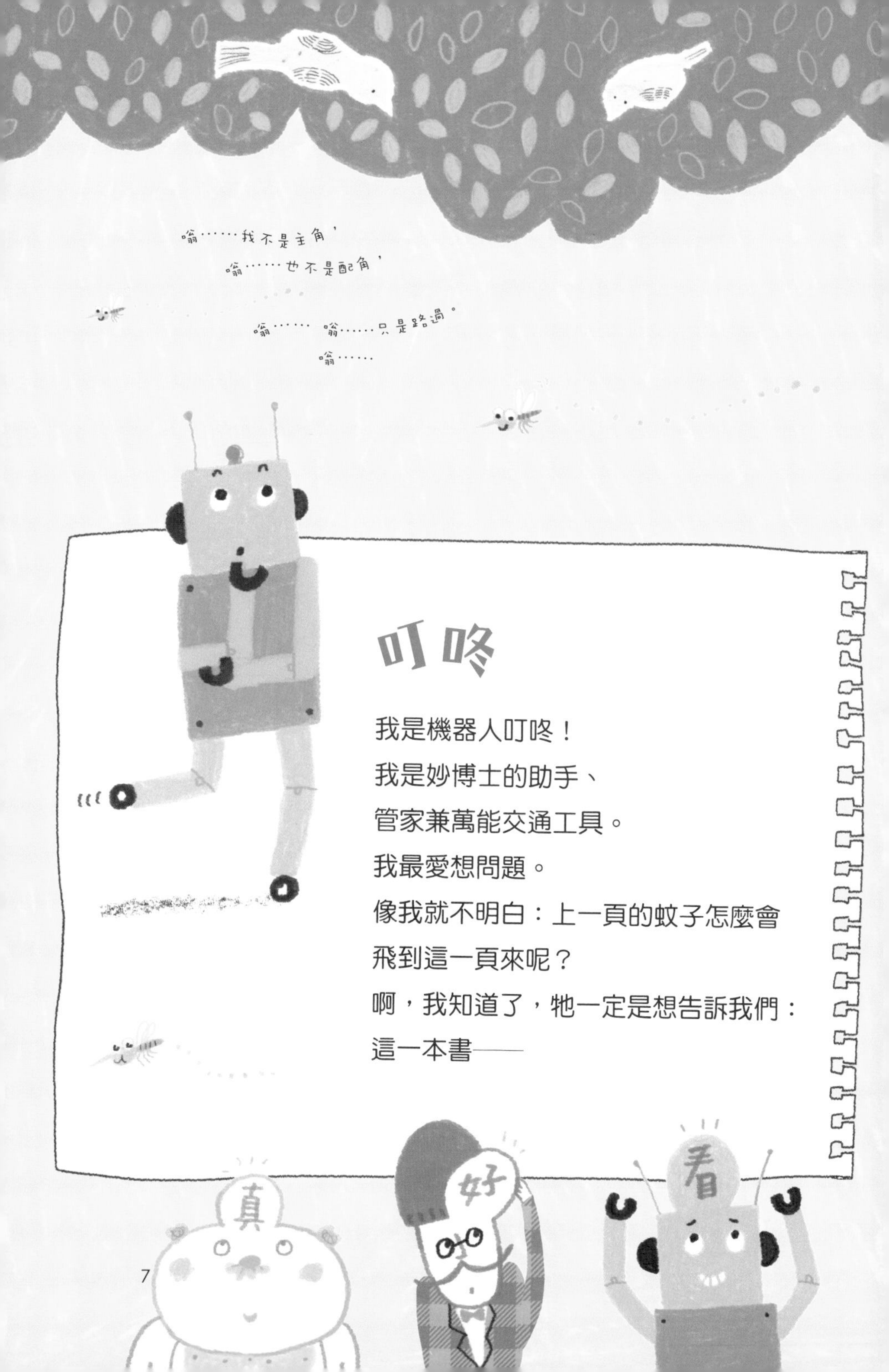

叮咚

我是機器人叮咚！
我是妙博士的助手、
管家兼萬能交通工具。
我最愛想問題。
像我就不明白：上一頁的蚊子怎麼會
飛到這一頁來呢？
啊，我知道了，牠一定是想告訴我們：
這一本書——

午後的下午茶

四月初，天氣好像「三明治」，早晚涼涼的，中午時，夾一些些熱。下午兩點半，怪怪鎮的大榕樹下，茶香和鳥叫聲在爭論春天究竟是冷還是熱？

樹下的小桌子，一邊坐著怪博士，一邊坐著妙博士。

怪博士喝著日月潭紅茶，配年糕，衣服是長袖襯衫，搭背心。

妙博士喝著爪哇咖啡，配一塊蝦餅，光溜溜的上半身紅通通，脖子上還掛著一個花環。

「咖啡配蝦餅？有人這樣吃的嗎？」怪博士問。

「以前沒有，」妙博士咬了一口蝦餅，咔嗞咔嗞。「以後大概也沒有吧？」

「好吃嗎？」

「哈，老實說，很不搭。」妙博士吐吐舌頭，「這一次下午茶實驗——失敗！」

「哈哈哈，我也一樣。」怪博士笑起來，「紅茶配年糕，超怪的——哈啾！」

「小心，別著涼了！」妙博士拿出防晒乳，在脖子上、手臂上擦了擦。「待會兒，我想去海邊游泳。」

「真羨慕你！」怪博士擤擤鼻子。「咦，你的臉怎麼變黑了？」

「哎呀！」妙博士抬起頭：「一大片烏雲飄過來，八成要下雷陣雨了。唉，我的海上仰泳計畫泡湯了！

「真可惜，看來，今天的下午茶要提前結束了。」怪博士抬起頭，看看晴朗的天。「對了，忘了告訴你。我們以後沒辦法再像這樣子喝下午茶了，下一次，得麻煩你運動一下……」

「哦，什麼意思？」妙博士一口氣喝完咖啡，抓起一頂草帽戴在頭上。

「我已經把『影像日記』寄過去了，你看到就會明白的。」

「好，我回家之後立刻看——

哇，我得避雨去了！

「峇里島這裡，雨真是說來就來呀！」

嘩啦啦！一陣急雨迅速灑下……樹下一片朦朧……

咻——的一聲，雨聲和妙博士瞬間消失。

樹下，又回復一片綠意……

鳥聲啾啾，茶香漸漸飄散。

「拜拜——」怪博士朝空了的位子揮揮手，收起「立體手機」，站起身。

「好——開始工作！」

耶，
來聽怪博士
說故事嘍！
開啟
來自怪博士的「影像日記」檔案

怪博士的失敗啟示錄

年初，我接到一通電話。

「怪博士您好，這裡是怪怪大學，我們想邀請您來演講，分享您的成功經驗。」

「成功經驗？那有什麼好玩？」我說：「我想分享我的失敗經驗。」

「失敗經驗？」電話那頭傳來一陣讚嘆：「這更好，太特別了！您可以來談三次嗎？」

「三次？我可以談四次。」

「耶！」電話那頭又傳來一陣歡呼。呵，「失敗」這麼受歡迎，我還是第一次碰到呢！果然是怪怪大學。

以下，就是我在四次演講中提到的四次失敗經驗。

第一場演講

講題：挖海機

立春那一天，我在家裡讀書，窗外傳來「轟轟轟」的聲音，震得書上的字都在跳舞。

「怎麼回事？」我打開窗，看見一輛超大臺「挖房機」，正在把隔壁的樓房整個挖起來……鄰居站在高高的陽臺上，向我用力揮手，大聲說：「怪博士，謝謝您發明挖房機！讓我們搬家不用打包

家具。拜拜！有空來玩喲！」

我苦笑的揮揮手。鄰居搬走了，留下一個大地洞。不一會兒，另一臺挖房機又拖來一棟新的公寓，「碰咚咚」把它種下去。

我關上窗，闔上書，戴上耳機，忍不住想：「唉，挖房機真是一個爛發明！」

挖土機不錯，為什麼「挖房機」就不好呢？

嗯，太大、太吵、太可怕！一挖就一個大洞，如果沒及時種下新房子，簡直就像城市的蛀牙洞，一下雨還會變成大池塘。城市太擁擠，實在不應該再東挖挖、西挖挖、敲敲打打了……

忽然，一個靈感敲進我的腦海——

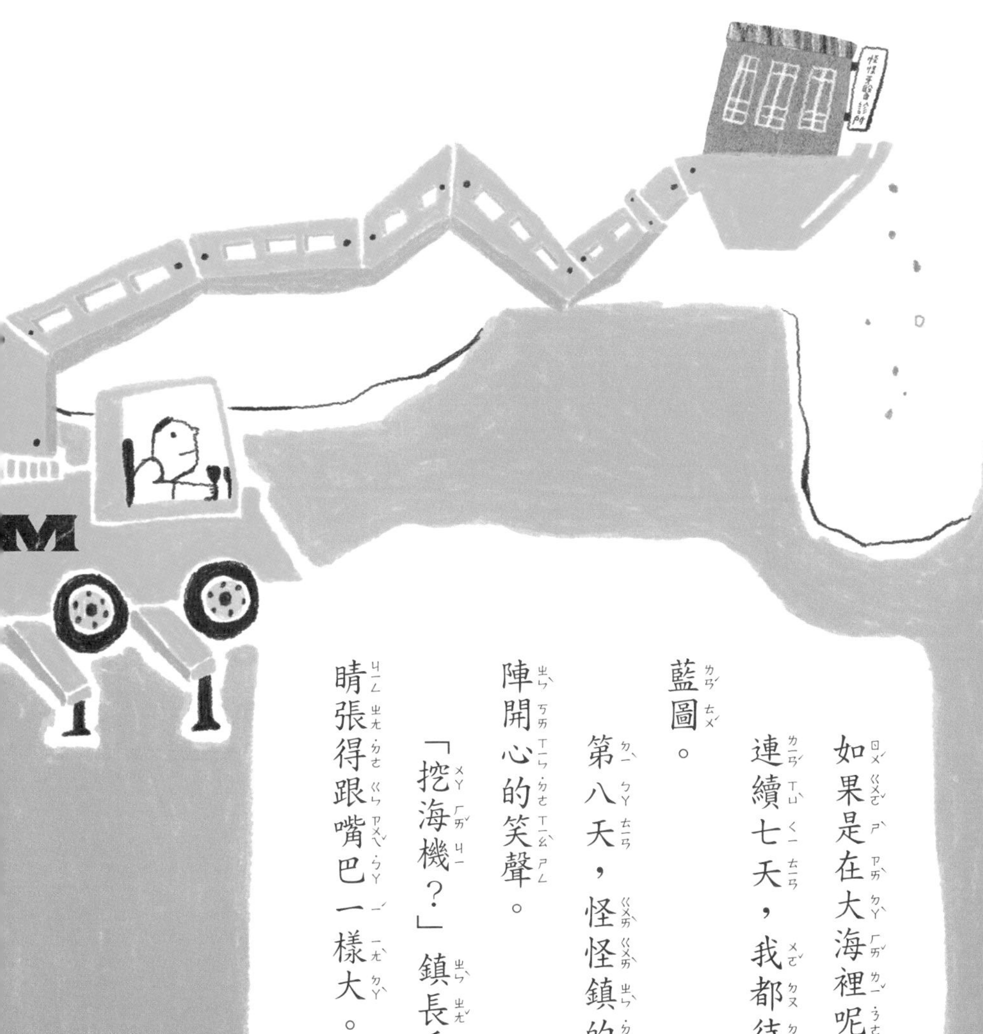

如果是在大海裡呢？

連續七天，我都待在實驗室裡畫藍圖。

第八天，怪怪鎮的鎮長室傳出一陣開心的笑聲。

「挖海機？」鎮長看著解說圖，眼睛張得跟嘴巴一樣大。

挖海機，能在大海中鑿出空間。每挖一下，就挖出一個空間，四周用「透明水泥」把海水阻隔在外。有了挖海機，從海底到海平面，都可以變成人類活動的新空間。

「太棒了！」鎮長說：「我這就通知聯合國，讓大家都向海洋進軍。哈，人類終於可以跟大海說——美麗的大海，我來了！」

「不不不，」我連忙搖手，「安全起見，我們還是先在美麗灣實驗一下，而且，我只是想用它來建造一座海中圖書館。」

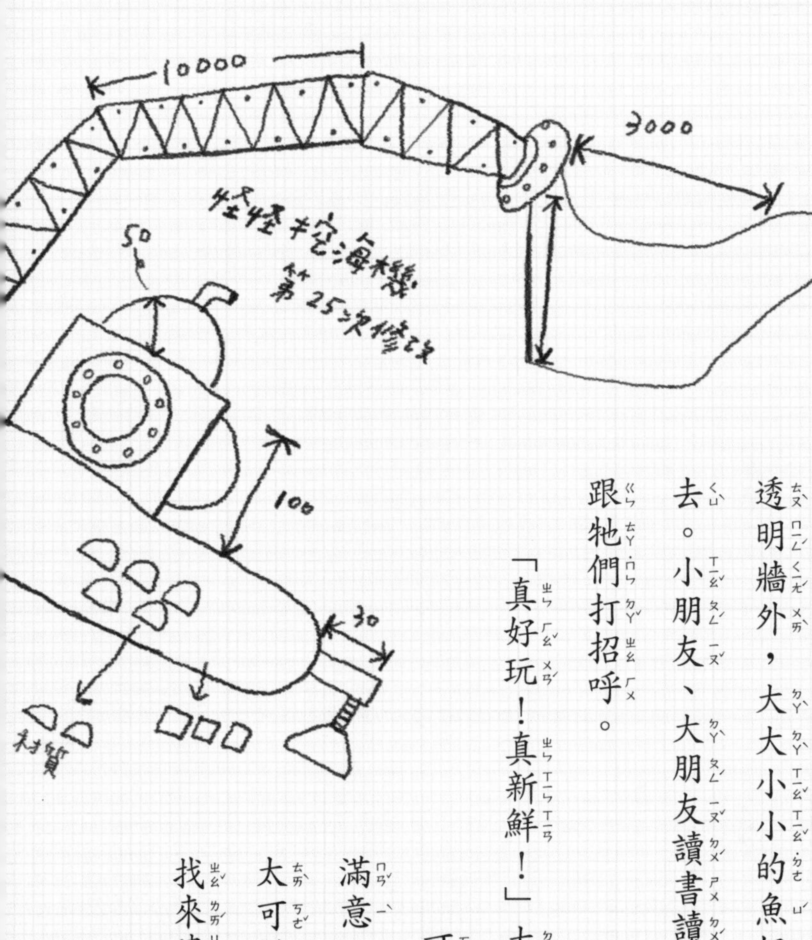

沒多久，海裡就傳來了讀書聲。上下左右的透明牆外，大大小小的魚好奇的游過來、游過去。小朋友、大朋友讀書讀累了，一抬眼就可以跟牠們打招呼。

「真好玩！真新鮮！」大家都好滿意。

可是，鎮長卻不滿意。「只蓋圖書館？太可惜了！」他悄悄找來建設科長。

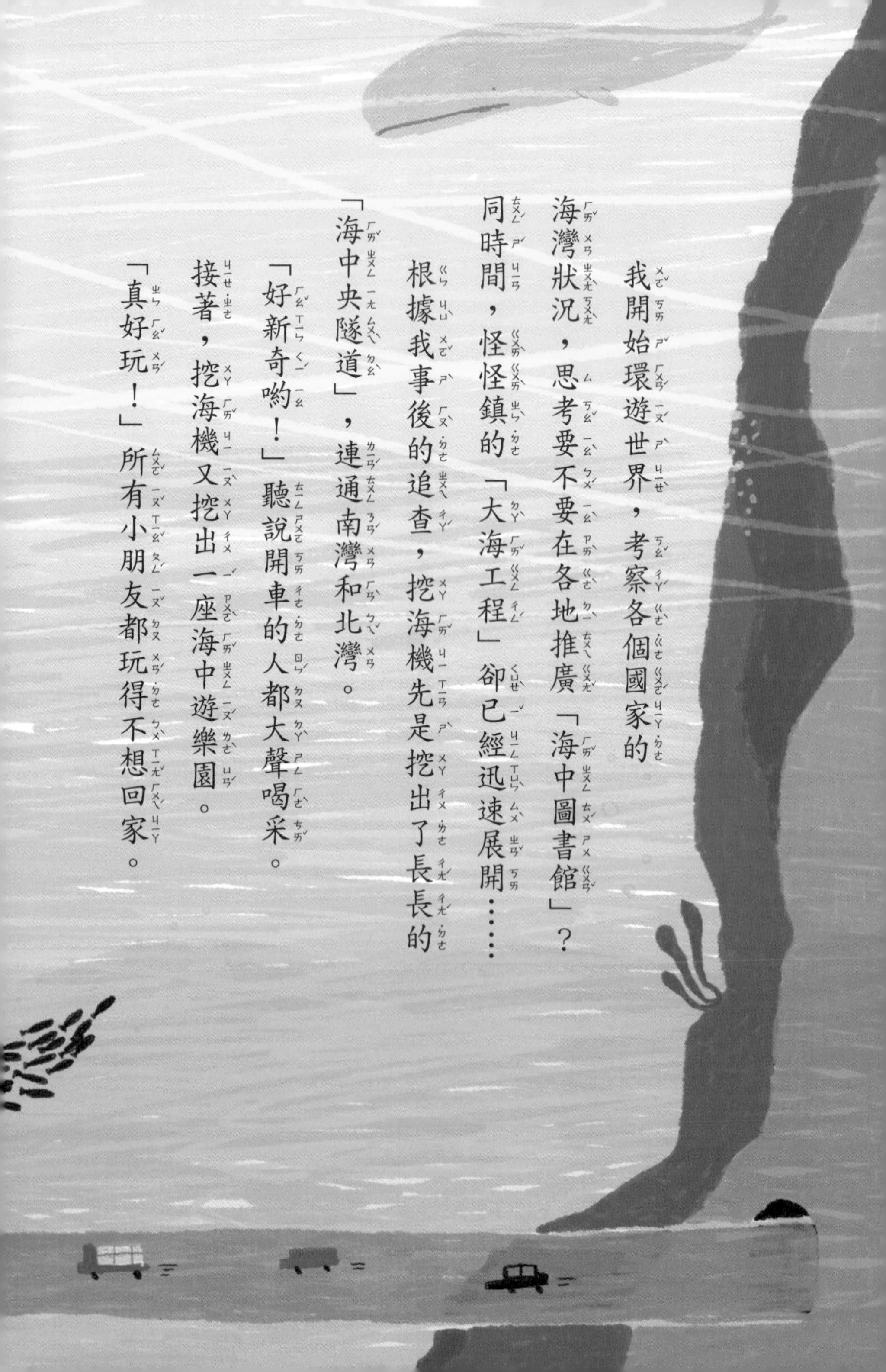

我開始環遊世界，考察各個國家的
海灣狀況，思考要不要在各地推廣「海中圖書館」？
同時間，怪怪鎮的「大海工程」卻已經迅速展開……
根據我事後的追查，挖海機先是挖出了長長的
「海中央隧道」，連通南灣和北灣。
「好新奇喲！」聽說開車的人都大聲喝采。
接著，挖海機又挖出一座海中遊樂園。
「真好玩！」所有小朋友都玩得不想回家。

挖海機繼續挖，挖出一棟一棟公寓，
像鼴鼠洞一般，串連出一座海中城市。
「太棒了！」有錢人紛紛搬進海裡。
「海中商城」正要啟用時，
一群人在海邊綁白布條、舉牌子。
「抗議！抗議！停止大海工程！」

原來，挖海機挖出來的海水，排不掉，往上升，把礁岩都淹沒了！連美麗灣旁邊的沙灘也消失了。好幾戶靠近海的人家，一樓都變成了海底地下室。

美麗灣變成了不美麗灣！

聽到消息的我，立刻趕回怪怪鎮。我收回了挖海機，對大海一鞠躬：「大海，對不起！讓您受傷了！請您原諒我！」

挖海機失敗了，海中建設取消了，我又回到實驗室，想啊想，究竟哪裡出了錯？

一個月後，我又發明了「挖火機」。

「挖火機？不管用吧？」鎮長皺起眉頭，很懷疑。「有誰敢住在火裡？」

「挖火機不是用來蓋『火房子』的，」我解釋，「是在火海中挖出一條通道，幫助人們逃生！」

聽說，所有用過的救火員，都豎起大拇指說：「讚！」

問答時間

：請問怪博士，您都幾點睡覺？幾點起床？

：哈，不一定，最近比較晚睡晚起。像今天早上，我就爬不起來，差一點趕不上演講呢！

：請問怪博士，您幾歲？

：祕密！祕密！比蜜蜂、螞蟻大幾十倍，也比你大喔！

：請問要怎麼努力，才能像您一樣成功？

：成功？哈，今天的主題不是「失敗」嗎？你們怎麼都沒有一個人問「挖海機」呢？嘿，看來我今天的演講很失敗喔，哈哈哈！

驚蟄那一天，我讀完《百倍速的時代》，忽然覺得坐立不安，深怕自己跟不上快速變化的時代。我忘了吃中飯，在實驗室裡忙呀忙，很快就發明了一樣新東西——速度丸！

第二天起床，我試咬了一小口。怪事立刻發生！

晨跑時，三公里路，我十秒鐘就跑完了。

沖澡時，蓮蓬頭一開，「好舒服——」三個字還沒說完呢，就洗好了！

早餐上桌，我才剛一想：「啊，好香呀！」就吃完了！

一進實驗室，才半天，一個月的工作就清光了！

「哇，吃一小口就這麼厲害？吞一顆還得了？」我好驚訝。

第二天醒來，咦？好累啊！到了大中午我才勉強爬起床，一整天都在打瞌睡。

「哇，真可怕！一天快，一天慢，這藥丸真是一個爛發明！」

我數數藥丸，還有五十顆。想丟掉，又有些捨不得。我盯著發明回收桶一整天，還是不忍心丟掉它。「也許……在緊急時候，會有人需要它吧？」

我在網路上發出訊息，請需要的人跟我聯繫。

第二天，大門口就出現了一條長龍。鬧哄哄的聲音像賽車一樣，爭先恐後衝了過來。

「給我！給我！我功課太多寫不完！」嗯，有操場溜滑梯的味道，是小學生的聲音。

「給我！給我！我想馬上蓋好一百棟大樓！」聲音飄著汗味，是建築工人的。

「給我！給我！我每天都想打破世界紀錄！」聲音金閃閃，有獎牌味，是運動選手的。

「給我！給我！我一天就想寫一百本書！」這聲音像在作夢？哦，是作家的。

「給我！給我！我下個月就想選總統！」咦，村長也來了！

國語
習作

每一個人都把手舉得好高，可是，我對每一個人都搖頭。「快」的滋味我已經嘗過了，不好受。我可不想把這個世界變成「快快快」的世界！

傍晚，一位年輕人來敲門。我開門一看，是位大帥哥。

「您好！」年輕人一鞠躬：「我是山佳村的村長，我們的村子在山上。這幾年山上經常發生土石流，最近氣象預報，下週會有強烈颱風，我們得趕緊搬遷到山下，不然，村子很可能會被土石流沖走……」

「哦，村子有幾戶人家？」

「五十戶。」

這麼巧？我跳起來——耶，速度丸找到主人了！我要村長分給村人，一人一顆，保證一天之內，就能把五十棟房子，連屋帶瓦，統統搬遷到山下。

怪事發生了！一星期之後，我在家裡看新聞，卻看到山佳村被洪水沖走了。

「咦，怎麼會這樣？」我嚇了一大跳，「難道……速度丸失靈了？」

還好，村民事先都被接送到安置中心，沒有傷亡。

我左想右想不明白，只好捐了一筆錢，嘆了一口氣，承認這項發明失敗！

我走進工作室，繼續忙起別的實驗。

一年之後，一位白鬍子老爺爺來鎮上找我。

「老爺爺，請坐！請坐！」我幫他端椅子、倒茶，伺候他坐下。

老爺爺用抖顫的雙手取出名片，顫抖抖的遞過來。

我接過一看，哇！名片變成了伸縮長紙條。上頭密密麻麻公司名稱加一加，少說也有一百家。

「老爺爺，您一定是從小就努力奮鬥，才有今天的成就吧！請問，您來找我有什麼指教？」

老爺爺咳了咳，說：「第一，我今年才三十歲。第二，我不是來指教，我是來求救。」

「三十歲？」我擦擦眼鏡。「您怎麼可能只有三十歲？」

老爺爺揉揉膝蓋，捶捶腰。

「您不記得我了？我是山佳村的村長啊！去年，我千不該、萬不該，在回程的路上起了貪念，獨吞了所有的速度丸。從那一天開始，我就像超人一樣，精力源源不絕，一天能做好幾百件事，速度快得不得了！我丟下村子，一個人偷偷跑到國外。

我努力打拚，開了一間又一間公司，連晚上都可以不睡覺，通宵熬夜，同時處理東半球、西半球的工作，因此成了大富翁。可是……今年藥效一過，我就變成了這副模樣……」

「什麼，五十顆速度丸都被你一個人偷吃了？」我一驚，眉毛差點飛出去。我想了想，又明白了一件事。「原來，速度丸不是仙丹，它只是讓人提早使用『未來的精力』……難怪！你一次就吞掉五十顆，在一年之內就用掉了五十年的精力，那還能不老？」

滿頭白髮的大富翁噗通一聲跪在地上，「求求您，怪博士！只要能回復青春，您要再多錢，我都可以給您！」

「錢能買回青春嗎？」我搖搖頭。「怪只怪你自己太貪心！唉，該接受懲罰的時候，就只能接受懲罰……不過，有一件事情你倒是可以先去做。」

「什麼事？」

我盯著「老爺爺」，很認真的說：「你把賺來的錢拿去買一塊地，蓋好房子，把所有村民都接回去住，好好照顧他們，再把剩下的錢都捐出去。那麼，我也許可以幫你想一想辦法。」

大富翁好慚愧，立刻照著我的話去做。

等他再回來時，我拿出五十顆「慢速丸」，微笑的遞給他：「一天一顆，吃完五十顆，再等上一年，你應該就可以回復青春了。」

「老爺爺」吃了一顆，興奮得滿臉通紅。

他開口道謝說：「謝——」

太陽都下山了，他才說完第二聲……

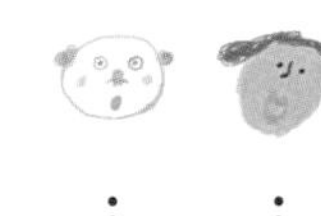

：請問怪博士，立春是陰曆幾月幾號？

：哦，立春是跟著陽曆，不是陰曆喔！立春大概是每年陽曆的二月四號左右。

：請問怪博士，「挖海機」的點子是從「挖土機」來的嗎？你有發明「挖鼻孔機」嗎？

：沒錯，靈感是從挖土機來的。不過，我沒發明「挖鼻孔機」！我倒是想過「挖風機」、「挖冰機」、「挖陽光機」！只可惜，也都失敗了。

：請問怪博士，挖海機失敗了，您難不難過？您是怎麼走出失敗的陰影？

：咦，怎麼又問「挖海機」？這不是上一次演講的題目嗎？呵……失敗了，就停下來，難過五分鐘，然後，再繼續往下走呀！失敗沒有陰影，只有休止符，讓我們停一下，想一下。如果世界上只有成功，沒有失敗，那多無聊呀，對吧？

：怪博士，我很喜歡挖海機，它好棒！真是成功的發明！我好佩服您！

……咦？這位同學，你上次好像只聽到一半喔……呵呵，沒關係，有時候，我們要感謝失敗。很顯然，今天的演講也失敗了！不過沒關係，我們還有兩堂課，還有兩次成功機會。

我喜歡聽黑膠唱片，它讓我想起小時候。

一天傍晚，我正在聽莫扎特的鋼琴奏鳴曲，門鈴忽然響了。

來的人是糖果姐姐的男朋友趴趴熊，他來送喜帖。

「恭喜！恭喜！咦……你怎麼看起來不太開心？」

趴趴熊嘆了一口氣：「唉，糖果姐姐希望在婚禮上放映我們從小到大的照片，可是我小時候家裡窮，沒拍過照片……」

「那有什麼問題？我幫你！」

我幫他拍了一張三百六十度的立體照片，還剪下他一根頭髮。走進實驗室，我先用電腦運算，找出人類五官和皮膚的老化速率，然後從他的頭髮中抽出基因資料，輸入電腦，試著讓「時間倒帶」……

一週後，我發明了「時光照相機」。

只要插入一根毛髮，轉動相機上的「時間環」，調整年月日，

毛髮放置處
1980
04
04

對著毛髮主人「喀嚓！」一聲，就能拍出過去的照片。

「哇，太神奇了！」趴趴熊看著一疊「全新的老照片」，雙手微微顫抖，一滴眼淚差點流出來。

「怪博士，謝謝您！這是最棒的祝福！」

半個月後，我在趴趴熊的婚禮上，看到糖果姐姐笑得好香甜——香甜得就像純濃巧克力！

之後，我就開始忙了！因為，大家都來找我拍「過去的照片」。

「咦？想不到我小時候這麼可愛？我都忘了！」

微笑老爹笑得好開心。

「哈，怪不得你以前叫我呆頭鵝！」阿斗伯指著照片給金水嬸看：「真像！真像！哈哈哈……」

「好懷念呀！以前的時光……」貓咪姨盯著相片，好像想起初戀情人……

想拍照的人太多，我請「怪怪專賣店」的老爺爺幫忙賣，收入捐給孤兒院。

沒多久，怪怪鎮就變成了「喀嚓鎮」，大家都在「喀嚓！」、「喀嚓！」……

網路上，相片不斷上傳。傳著傳著，有人問：「真可惜！都是個人照，沒有合照。」

「那有什麼問題？」我立刻讓相機升級。

於是，一群老人都笑著、哭著、跳著抱成一團。

「老伴，等了五十年，我們終於補拍到了結婚照了！」

「耶，我們終於有了幼稚園全班畢業照！」

好朋友相約合照，同班同學大合照……

過去的空白都補回來了……

有人問：「時光照相機能照出過去的我，那——能不能照出未來的我呢？」

「當然！」

我把時光照相機上的「時間環」往未來擴充，這麼一來，大家更開心了。

「未來照片」一下子流行開來。

可是，沒多久，怪怪鎮就變得怪怪的……

「哇？二十年後，我臉上有這麼多黑斑？我不要呀！」

「我要離婚——他是整型騙我的！你看，鼻子都塌回來了！」

「嗚，我未來怎麼醜成這個樣子？又老又禿！」

更可怕的是：

「嗚……三十年後，怎麼照不出我？難道我……嗚……」

好多人都嚇壞了！卻又忍不住想知道自己哪一年？哪一月？哪一天？會從照片上「消失不見」？

美容院的生意火紅起來，算命攤的生意更是大排長龍！改運的、求神的、想改名字延長壽命的……

哇，怎麼會這樣？

我覺得腦袋轟隆一聲響，好像被雷公打了一下。

我收回「時光照相機」，忍不住想：「有些事啊，還是別提前知道的好；有些影像啊，留在腦袋裡比真實看見了，還要更美好！」

：請問怪博士，驚蟄是幾月幾號？

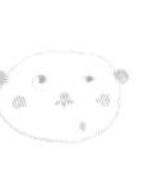

：哦，驚蟄大概是每年陽曆的三月五號左右。

：速度丸真棒！不知道怪博士能不能送我一顆？

：同學，你上次好像只聽到題目喔！我手邊已經沒有速度丸了。

：怪博士，您應該繼續做「慢速丸」，讓時間走慢一點，這樣，我晚上打電玩才不會一下子就天亮！

：咦，你的反應怎麼也慢半拍？又問上次演講的事？

呵，好險你沒吃「慢速丸」，不然，你大概會問去年的問題吧？哈哈！

：怪博士，快速丸失敗了，請您不要失望喔，您是我的偶像，我永遠支持您！

：謝謝！如果你問我這次演講的問題，我會更開心——看來，今天的演講又失敗了！不過，我很感謝它。它讓我想通了一件事，拜拜！

第四場演講
講題：立體手機

時光照相機失敗之後，我就想著能不能再發明一臺好相機？結果，我的腦細胞手牽手、轉了一個彎，蹦出了「立體手機」。這發明，相信大家都很熟悉吧？只可惜，它也失敗了！不過，要到今天演講結束之後，我才會把它回收掉。原因嘛……我留在結尾再說。

你們一定很好奇，我為什麼要發明立體手機？很簡單，為了讓老人家不寂寞。

前一陣子，我去安養院，發現很多老人家並不是沒有孩子或朋友，而是他們都被工作綁住了，或者住在很遠的地方。

那麼，是誰來陪伴老人家呢？

醫生、護士和義工！

但是，這些人怎麼比得上自己的孩子和老朋友呢？既然他們沒空來，我就請他們的分身來幫忙！

「立體手機」能投射出逼真的立體影像，讓通話雙方都「看到」對方，就像對方真的在身邊一樣。

這樣一來，即使是躺在床上不能動的老人，也可以在床邊看見遠在天邊的親友，跟他們說說話，看他們工作或者——一塊兒下盤棋！

考慮到國內是白天，國外很可能是晚上。所以，我加入了「預先錄影」的功能。親友就算住在國外，只要事先錄好幾段「影像電話」，老人院裡的老人隨時有空，一按開關，就不寂寞了。

「立體手機」一上市就很轟動！不但老人開心，怪怪鎮更是人手一支。大家都很喜歡這種「隨時都能見面」的新體驗！

不過，我忘了有些人愛搞怪。

「咦，你怎麼穿睡衣？」

「喂，上廁所你也接電話？真沒禮貌！」

「哇，你怎麼在洗澡……」

我立刻修正程式，增加過濾功能。新款手機只要一碰

上這些尷尬時刻，就會自動調回語音狀態。

考慮到打電話的場所大小不同，立體影像也從半身到全身、從巴掌大到真人大小，都可以自由伸縮。

只是，好想法卻帶來壞結果！很多來怪怪鎮旅遊的人都被這些「飄浮在街上的半身人」嚇到，晚上更是嚇昏了好幾位老太太。巴掌大的影像人，還讓他們以為「小精靈」復活了！而真人大小的影像，則讓怪怪鎮也掀起不少騷動。

「你說昨晚在公司加班？怎麼有人看到你在東區玩？」

「你太花心了！一個晚上就和好幾個不同女孩逛大街？」

「作業沒寫完？你還跑去遊樂場玩？」

影像真真假假，讓人分不清楚，連警察辦案都受到影響！

「說，你昨天中午在哪裡？是不是在案發現場？」

「不，我和朋友在街上散步，路口監視器可以證明。」

只要一通電話，大家都有「不在場證明」！

人數統計也出了大問題。怪怪鎮慶祝建鎮一百週年，出席的究竟是三千人？還是一萬人？每位警察統計的都不一樣。花車遊行時，大街上的人比怪怪鎮的總人口還多一倍！這可真麻煩，交通警察都不知道應該指揮「影像人」分兩邊走？還是要大家關掉手機？

唉，這還不是立體手機帶來的最大麻煩。你們知道它最大的影響在哪裡嗎？那位同學，你可以回答一下嗎？哈，沒關係，你不回答也沒關係；回答了也是答非所問吧？哈哈，我不怪你！

立體手機最大的問題，就是讓大家都宅在家裡！

如果說，人與人不用碰面就可以聊天、玩耍，那麼，誰還想約人出來見面呢？

就像此時此刻……（我環視了演講臺下，學生坐滿禮堂，連一個空位也沒有）我知道，你們都是假的，都是「預錄影像」！（第一排的教務主任嚇得跳起來，我往他的方向看了看，微微笑，繼續說）發明失敗了，並不可恥；演講沒有人來聽，也不可恥。主任，您其實不需要這樣充場面的。您可以把大家的立體手機關掉了嗎？

教務主任紅著臉，按下手中的遙控器。

咻咻咻——滿滿三千人的禮堂，一下子變得冷冷清清，只剩下教務主任一個人。

「呃……真不好意思！」教務主任說：「早上第一堂課，學生都爬不起床……他們晚上都在忙著趕作業……」

「是忙著打立體手機吧？哈哈，沒關係，其實……你現在看到的，也是我的『立體影像』！真正的我還賴在家裡沒出門呢，呵呵呵……現在，你們應該知道我為什麼要收回立體手機了吧？」

說完，我的影像也消失了。大禮堂裡空空盪盪，冷氣機轟轟直響……這下子，真的就只剩下教務主任一個人了……

怪博士您好：

看到您的「失敗啟示錄」，我好驚訝。您知道嗎？我也有一個「失敗檔案夾」！妙的是，裡頭也有一個「速度丸」的故事！同樣的靈感，竟然在我們的腦海裡蹦跳，真是妙啊！

我也挑出四則故事寄給您，相信您也會跟我一樣，看完呵呵笑，覺得這些失敗經驗——嗯，真是妙極了！

真可惜，下次我們沒辦法再透過您發明的「立體手機」，一塊兒喝下午茶。不過，這讓我更期待下一次的聚會。下一次，我會換上運動鞋，跑到您家去按門鈴！相信那一聲鈴響，很快就會傳進你的耳朵～

妙博士敬上

妙博士失敗
檔案夾
下載中
嘻！換我來聽故事嘍！

電腦裡的鬼

農曆七月的第一天晚上，天氣陰陰涼涼，我正在上網收信。

忽然，螢幕上的字跳動起來，排成一張「網路罰單」：

「哼，亂收信？罰你三千塊！」

「咦，怎麼會這樣？」

「鈴——鈴——！」機器人叮咚的頭上閃出紅燈。

「哦，有電話？」我比了比手勢，叮咚的嘴巴立刻傳出市長的聲音——「網路樂園」29週年音樂會就快

上線了，請您務必修好網路啊！

「沒問題。」我點開叮咚身上的網路線。「叮咚，你上網去，把電腦病毒抓出來。」

「是！」叮咚點點頭，閉上眼睛。「叮咚！找到了……不過，哎呀！我刪不掉……咦？它要跑出來了……哇——」

叮咚頭上的紅燈一陣亂閃，雙手往下一撐，竟然頭上腳下，跳起街舞。

「叮咚，你怎麼啦？」

「我不是叮咚，我是電腦鬼！」

「電腦鬼？」我愣了一下。

「哈，原來是你在搞鬼。」

「沒錯，我要讓全世界

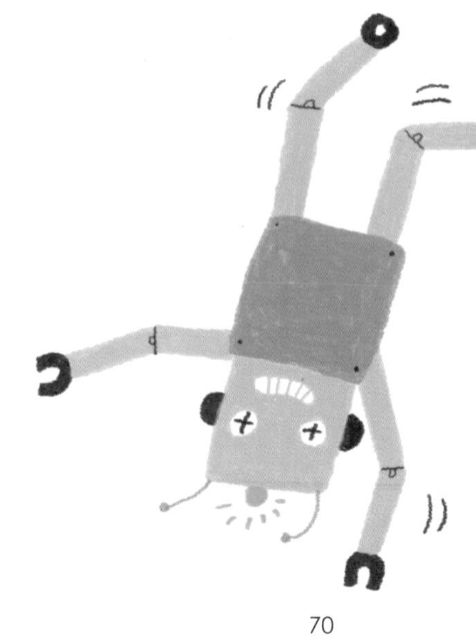

的電腦都當機！」叮咚一下又變成空手道高手，東劈西砍，好像要把全世界的電腦都劈壞。

「為什麼？」

「因為我是鬼啊！」

「哦，這樣啊……那我只好來收妖嘍！」我啟動程式，連進叮咚體內。

「想抓我？想得美！」被附身的叮咚，不逃不躲，只是原地跳街舞，還三不五時對我嘻嘻笑！

我跟它纏鬥了一天一夜，還是趕不走它。沒辦法收服它，我也不想讓它太得意。

「嘿，當機也沒什麼了不起，只要是電腦病毒都辦得到。」

「是嗎？」電腦鬼好像沒那麼得意了。「我能讓電腦裡的文字全變成@#$%&*，讓人看不懂。」

「那算什麼？電腦病毒也辦得到。」

「哼，我還能吃掉電腦資料！」

「不稀奇，電腦病毒一樣可以。」

「我還能改變電腦檔案！」

「電腦病毒照樣行。」我還是搖頭。

「病毒！病毒！病毒！」叮咚開始敲自己的腦袋瓜：「病毒真有那麼厲害？哼，總有電腦病毒辦不到的事吧？」

「你說對了！」我點點頭：「電腦病毒有一件事情辦不到。」

「什麼事？」

「消滅電腦病毒呀！」我笑一笑，「就像刀子殺不掉刀子一樣。

我想，你大概也辦不到吧？」

「誰說的？」叮咚又跳起來。「我是鬼耶！我什麼都辦得到。」

「是嗎？」我打開一個資料夾：「喏，這是我以前抓過的病毒，

九千九百九十九種。你能比我強？」

「強過一百倍！」叮咚叉起腰：「拜託，我是鬼耶！」

「我不信。」

「不信就來比賽。」

「比就比！誰怕誰？」我說：「不過，你得先把電腦恢復正常，

我們才能比賽。還有，你不能附在叮咚身上，我得靠他去抓病毒。」

「沒問題！」叮咚立刻恢復正常。

不一會兒，桌上的無線滑鼠跳了起來。

我盯著滑鼠搖搖頭。「你在網路上最好偽裝一下，免得被人看成病毒。」

「怎麼偽裝？」滑鼠問。

「嗯……」我想了想。「有了！我幫你設計一套電子外套，穿上它，別人會以為你是新型軟體。至於名字嘛……嗯，就叫電腦鬼，不必改！」

「好！就這麼辦。」

結果，我澈底失敗！

第一天，掃毒數量的比數是八八比六六。第二天，九九比七六。第三天，一〇一比八八……我拚命追趕，還是遙遙落後。不管怎麼追，總是差它一步……

不但如此，我還發現大家都開始讚美電腦鬼：

「耶，電腦鬼是有史以來最棒的掃毒軟體！」

「電腦鬼萬歲！抓病毒一級棒！」

「電腦鬼，有你真好！」

連叮咚都著急了。「博士，電腦病毒愈來愈少，我們再不加油，又要被它搶先了！」

「那有什麼辦法？」我攤攤手：「唉，電腦鬼，還真是鬼靈精！」

一天晚上，我好不容易才抓到一隻電腦病毒，比數終於變成三比一，沒掛零。

「我又輸了！」我聳聳肩，投降，上床，睡覺。忽然，我鼻頭好癢。一睜眼，滑鼠就站在我的鼻頭上。

「對不起，我不跟你比賽了。」

「為什麼？」我嚇一跳。難道電腦鬼又想搞鬼？

「剛剛機器神告訴我，我不能再當電腦鬼了。」電腦鬼附身的無線滑鼠跳上我的枕頭，湊近我的耳朵，一挺胸：「我現在升格了——是電腦神！明天，我就要去電腦組裝廠上班了。」

「哦？恭喜！恭喜！」我坐起身，笑著對滑鼠說：「嘿，我會想念你的。」

「是嗎？恐怕你沒時間喔！」滑鼠一招手，說：「我的朋友都想來找你挑戰、找你幫忙。」

朋友？在哪裡？

機器人叮咚遞過來一副透視鏡，我一戴上……

哇，眼前出現好多鬼！電話鬼、橡皮擦鬼、掃把鬼、拖鞋鬼、書包鬼、玩具鬼……

「唉，叮咚，看來我們今晚又有得忙了！」

妙博士您好：

當我是電腦鬼時，我覺得您真是笨博士、呆博士！

不但腦袋差、手腳慢，還樣樣不如我！

可是當我變成電腦神時，我卻糊塗了……

我不知道：您究竟是贏不了我呢？還是……故意輸給我的？

有空時，請告訴我答案吧！

第一天上班的電腦神 上

妙博士：

你真是讓我失望！

我來找你比賽，看誰的「擦功」最厲害？

我擦了一堆髒話、壞話和罵人的話……
你卻什麼也沒擦掉，真是太遜、太失敗了！

橡皮擦鬼

「敬上」兩個字被我擦掉了。

不太妙博士：

我不喜歡被人踩在腳底下！
我勉強聽你的建議，去當黑雲的拖鞋。
這樣好是好，能把大家都踩在腳底下！
但是黑雲一下就變成雨，摔得我好疼！
老是屁股疼的我，怎麼能變成拖鞋神呢？
您的建議真是太失敗了……

不想敬上的拖鞋鬼

我有個習慣，喜歡陪動物散步。清晨也好，傍晚也行，如果是貓頭鷹，我還可以半夜起床。

這一天清晨，輪到和蝸牛散步。我刻意放慢了步伐，短短三步路，整整走了一小時。我覺得雙腿僵得好痠——就像走了十公里路那麼痠！

「喀喀——」叮噹的膝關節響了兩聲。

「怎麼了？」我問他。

「對不起，我的動力忽開忽關，好像快斷電了……」

唉，連我們都受不了，蝸牛怎麼受得了啊？我回頭看。蝸牛正慢吞吞、很努力的想跟上來。我決定幫牠。

回到實驗室，我調出獵豹、游隼、旗魚的細胞資料，仔細研究。沒多久，我就成功

找出「快速」基因，調配出「速度丸」了。

我在美人蕉的葉子下找到蝸牛，牠正在睡午覺。

「哈嘍，蝸牛，你想不想試一下速度丸，可以讓你速度變得很快喲！」

蝸牛眨眨眼睛，好半天才終於聽懂。「嗯，好啊。」

我把小藥瓶掛在牠的小脖子上。「一天一顆，你就能變成『快蝸牛』！對了，你可以讓我在你的殼上裝追蹤器嗎？我想做一下研究。」

蝸牛點點頭，吃了一小顆。

牠的眼睛亮起來，觸角翹得好高，身體泛紅，殼晃得好厲害……

「我……出發了！」最後一聲已經遠在一百公尺外。

我滿意的回到家，打開電腦，看蝸牛跑去哪兒？

第一天，牠繞臺灣跑了一圈。傍晚，牠在玉山頂上看夕陽。

第二天，牠坐上船，跑到大陸，遊西湖，爬黃山，在長城上看星星。

第三天，牠在西伯利亞欣賞雪花飄，還和雪橇犬變成好朋友。

第四天，牠跑到歐洲，在地中海邊吃早餐，在比薩斜塔吃午餐，在巴黎鐵塔吃晚餐。

第五天，牠在阿拉伯半島跟駱駝聊天，下午又跑到非洲的大草原上和獅子比賽跑。

第六天，牠搭上飛機，飛到美國，在自由女神像的頭頂上吹風。傍晚在南美洲的伊瓜蘇瀑布下沖澡。

第七天，牠到澳洲，環島跑起馬拉松。

哇，「速度丸」的效果比我想像的還要強！我想，也許我可以再多做幾罐，烏龜、蛞蝓、樹懶也很需要呢！

第八天，蝸牛來到我的門口。「妙博士，謝謝您！這一罐速度丸還給您。」

「還給我？」我好驚訝，速度丸怎麼會被「退貨」呢？很快的，我就明白了。「你一定是受不了變快的世界吧？它讓你眼皮開始跳扭扭舞？讓你心臟狂跳？讓你的肌肉瘦得受不了？放心，我可以把藥效再調低一點。」

「不是的。」蝸牛左邊的觸角搖了一下。

「『快』的感覺的確很刺激，很好玩。」牠的右邊觸角也搖了一下。

「只是，我已經習慣慢了。」牠的身體輕輕往前。

「如果『快』是一種幸福，我想……把它讓給別人。」牠的殼輕輕跟上。

「慢的世界，也需要有人照顧、有人欣賞呀……」牠慢慢抬起頭。

「……那就是我喲！」一個小小的、輕輕的

微笑，在牠臉上，亮了起來。

蝸牛又回到美人蕉下，闔上眼，好像這幾天發生的事，只是一場美麗的夢。

叮咚悄悄問我：「博士，你的發明好像失敗了喲？」

「對呀，失敗得一塌糊塗呢！」我點點頭，很開心的說。

下雨了！叮咚一彎身，變成汽車，提醒我：「該回家了，博士，您在這兒已經待了一小時了。」

「嗯，回家。」我鑽進車。「叮咚，請用最慢的速度慢慢開……」

妙博士您好。
蝸牛說，你們想把速度丸送給我。
謝謝您！我不需要。我雖然慢，
但也跑贏過兔子呢！
如果，你還是想送我東西，可以送
紅蘿蔔，記得，要切片喔！

烏龜敬上

妙博士您好：
我今天剛跑完「一公尺馬拉松」，
流了一身汗！我不想變快呢！
不然，跑上十公里，不是要流掉
「兩身汗」嗎？

蛞蝓敬上

這是
我的汗印子
"心"

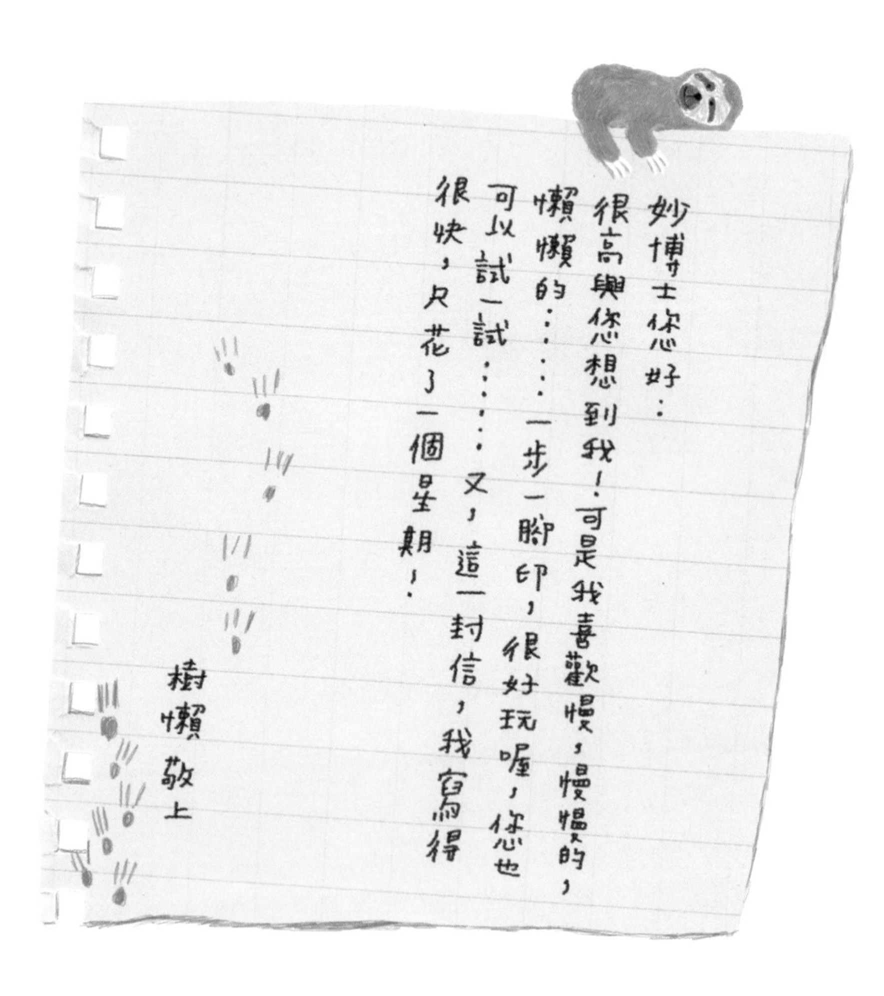
妙博士您好：
很高興您想到我！可是我喜歡慢，慢慢的，懶懶的……一步一腳印，很好玩喔，您也可以試一試……又，這一封信，我寫得很快，只花了一個星期！

樹懶 敬上

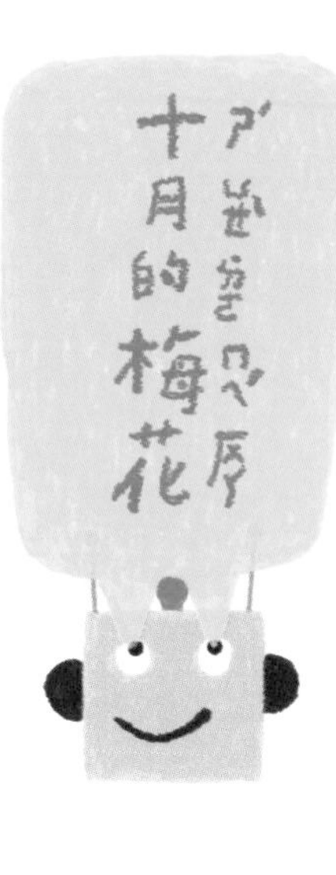

十月中，我路過梅山。

「蝴蝶？」叮咚指著遠處梅樹上的小白點。

「不，是花！」奇怪，梅花怎麼提早開了？

我戴上「語言翻譯機」，問這些小淘氣。

梅花一臉不開心。「前幾天好冷，好像十二月，誰知道我們一探出頭，才發現被騙了！」

「這幾天又變熱了，真不舒服！」一旁的桃花也在大聲抗議。

「對嘛！開了，又不能再縮回去，真討厭！」遠處的櫻花也在翹嘴巴。

我請叮咚搜尋《大自然悄悄話》，結果，我看見：

〈荷花報〉：臺北植物園編號133同學，十一月大家都「留得殘荷聽雨聲」了，你怎麼才開花？警告一次！

〈玉山杜鵑報〉：合歡山東峰的姐妹們，還不到五月上旬，你們怎麼都提早開放了呢？雖然天氣快速回暖，但時間還沒到，大家千萬要忍耐、要撐住喔……

〈木棉報〉：編號266小伙子，你怎麼跟櫻花妹妹一塊開花了？

太不應該，警告一次！

〈百合花報〉：想搬家的梅嶺姐妹們，請快來登記！今年三到五月的花期竟然延到七月底，你們都快憋死了、氣壞了吧……

〈鳳凰花訊〉：姐妹們加油！今年我們不能再拖到七月底才開花，不能再讓畢業生失望了……

〈油桐花報〉：八卦山的姐妹辛苦了！四、五月花季之後，九月初竟然又麻煩你們再開一次！總部正商量是否頒給大家「年度辛苦獎」……

咦？這麼多花都開錯時間？

我決定幫忙。

問題不難，研究完植物的開花季節後，我就發明了「月分基因」！只要把它澆在植物上，就能像鬧鐘一樣，幫花朵設定好開花時間。時間不到，絕不開花！

果然，第二年花季一到，花朵紛紛開放，沒有一朵開錯。

「博士，您真厲害，所有的花，今年都正常開放！」叮咚說。

我正高興，叮咚又繼續說：「不過，它們都開得不太開心……」

怎麼會呢？

叮咚把影像投射到半空中，

我看見——

梅花（猛擦汗）：哇，這天氣根本就不夠冷嘛！

油桐花（抖呀抖）：呼，冷呀冷呀！這什麼天氣呀？

平地杜鵑（猛眨眼睛）：這真的是三月嗎？這真的是三月嗎？

鳳凰木（猛搖頭）：這不是五月天！這不是五月天！

……

唉，月分對了，氣溫卻不對！這可怎麼辦？

「博士，我記得莎士比亞說過——玫瑰不叫玫瑰，還是一樣香。」叮咚引用資料說：「那麼，玫瑰不在玫瑰的季節開放，不也是一樣香嗎？」

「哦，是嗎？」我一時答不上來。

真的是這樣嗎……嗯……好像是。

「叮咚，幫我運算一下，如果開花季節一直錯亂下去，未來會如何？」

「是！」叮咚開始模擬氣候變化。

「好消息！未來，冬天的梅花會撞見夏天的荷花！春天的杜鵑會遇上秋天的菊花……從來不相見的花，都有機會看見對方！」

「什麼好消息？那是壞消息。」

「是嗎？我好想看一看呢！」叮咚說。

我瞪了他一眼。「如果真變成那樣，春夏秋冬可能都會消失，說不定，一天裡就會出現四季的變化！」

叮咚眼睛又亮起來，好像很期待。

「氣候變化太劇烈，生物可是會遭殃！」我不敢像他那麼天真。

「哦……是嗎？」叮咚好像有些失望。

我重新思考問題，很快，我就發現我弄錯了方向。

環境改變，害花朵開錯時間。我應該去改善環境，而不是倒過來，強制花朵在不對的天候下開花！

嗯，要避免氣候異常，就要避免地球暖化……那應該怎麼做呢？

哈，答案太簡單了！我立刻開始行動。

只是，沒多久，我就收到一些信。

看著這些信，我又呆坐在沙發上，

陷入了長長的沉思……

妙博士：

您要我們隨手關燈？

您不知道點亮一盞燈能讓世界放光明嗎？

再說，「留一盞燈，能讓回家的人有一種被等待的感覺」！

開一盞燈，能浪費多少電？

您應該叫大家少吹冷氣，那才耗電呢！

怕黑的人

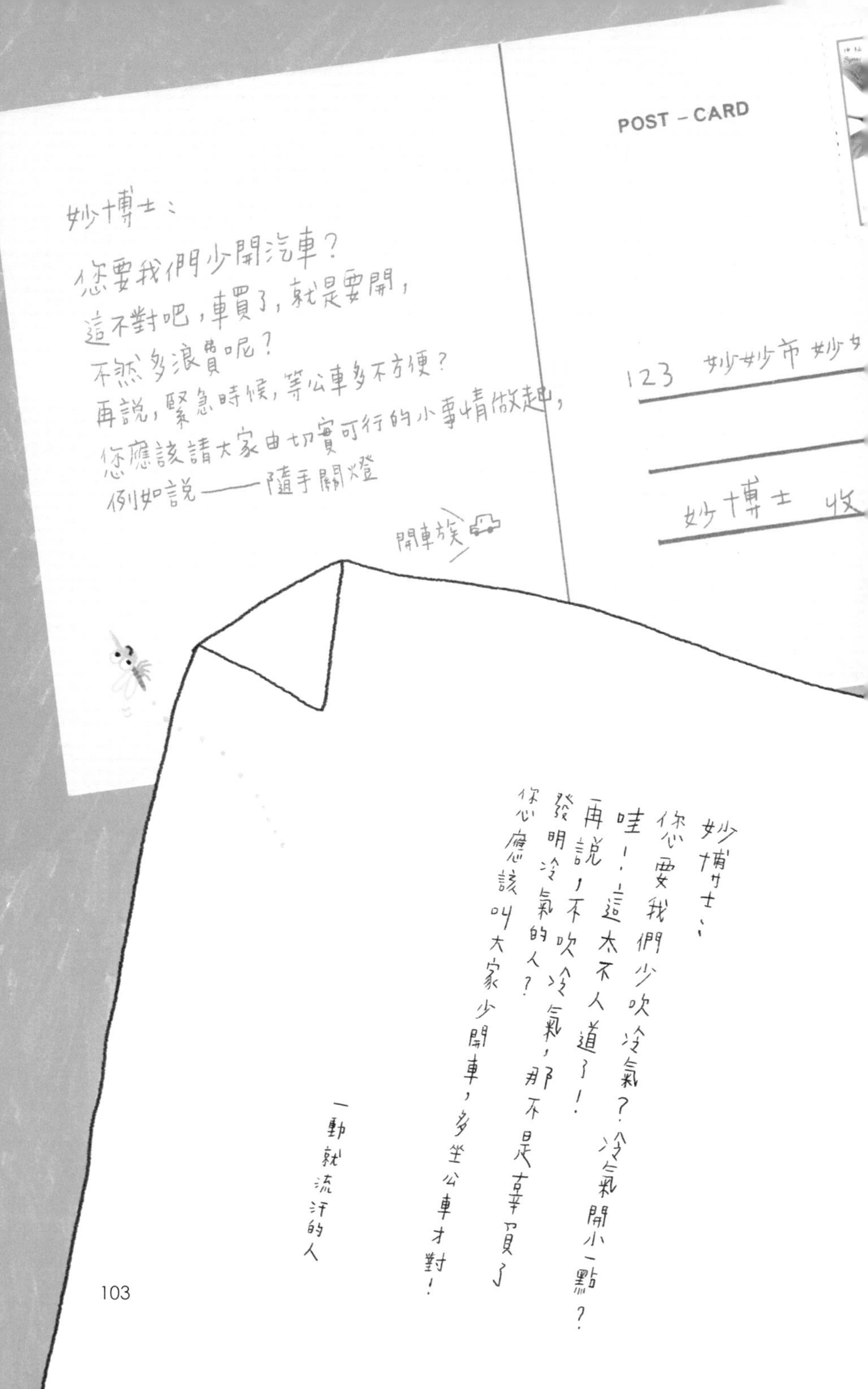

妙博士：
您要我們少開汽車？
這不對吧，車買了，就是要開，
不然多浪費呢？
再說，緊急時候，等公車多不方便？
您應該請大家由切實可行的小事情做起，
例如說——隨手關燈
開車族
POST－CARD
123 妙妙市妙
妙博士 收
妙博士：
您要我們少吹冷氣？冷氣開小一點？
哇！這太不人道了！
再說，不吹冷氣，那不是辜負了
發明冷氣的人？
您應該叫大家少開車，多坐公車才對！
一動就流汗的人

機器人的父親節

父親節快到了！機器人叮咚在實驗室裡敲敲打打。

「你在做什麼？」我很好奇。

「做小機器人啊！」叮咚說：「我想當爸爸。」

我嚇一大跳，驚訝的看著叮咚把小機器人放在地上，小心檢查，啟動開關。小機器人亮起燈，邁開腳，原地轉圈圈……他走得不算差，卻不會開口說話。

叮咚頭上的燈暗了下來。「唉，真希望有人可以叫我一聲爸

爸！」

我檢查了一下小機器人。嗯，只要改變一些設計，就可以讓他發出聲音。「要不要我幫你？」

「不要，」叮咚搖搖頭。「如果你幫我，小機器人的爸爸就是你，不是我。」

「好，不幫你。」我暗自好笑：機器人怎麼可能當爸爸嘛！

才一秒鐘，我就慚愧起來。我怎麼可以這樣嘲笑叮咚？我應該祝他成功才對！

可是，一個問題卻不斷敲打我的腦細胞：機器人有能力靠自己的「人工智慧」當爸爸嗎？

一連幾天，我都想不出答案。

如果……我把叮咚的結構調整一下、再增強一些，是不是就能讓他具備製造小機器人的能力？

如果……機器人能自己製造小機器人，那麼，他們會不會變成另外一種「人類」？

我的眉頭皺了起來。我既想不出答案，也不敢輕易嘗試。

第一次，我對自己的能力感到害怕。

如果，我的智慧趕不上我的能力，我應該去做？或不去做呢？

答案好像飄在大霧裡。我覺得好挫折！

一天又一天，我看著叮咚敲敲打打。我有些心疼，又有些自責……叮咚幫了我這麼多忙，而我，卻沒辦法幫他……

「鈴——」電話響了。

「妙博士，今年的父親節大會，可以請您幫忙設計舞臺和開場節目嗎？」

「鈴——」電話又響了。

「妙博士，我們是動物之家，我們剛剛傳了許多照片過去，想麻煩您……」

我掛了電話，列印出一疊照片，走進實驗室。

「嗨！叮咚，我知道你在忙。不過，你可以來幫我一下嗎？」

我笑一笑說：「這幾天，我必須做一批新的滑板。」

「滑板？不難呀，一下就ok！」

「這些不一樣，是要給受了傷的流浪貓、流浪狗用的。」我把照片遞過去，一一指給叮咚看：「每一隻受傷的狗和貓，狀況都不一樣，每一個滑板都需要特別設計。可是，我要負責父親節大會的舞臺和開場節目，沒時間做，你可以幫我嗎？」

「沒問題。」叮咚點點頭。

我把資料交給叮咚。叮咚照著地址，一隻一隻去拜訪這些受了傷的貓和狗。牠們有些少了前肢，有些斷了後腿，有些腰部被撞傷，有些老得走不動，有些說不出話……

叮咚一一為牠們做身體檢查、量四肢大小、詳細記錄下牠們的生活習慣，回來開始畫設計圖。

幾天後，我驚訝的看見滿地都是奇奇怪怪的車子。

「咦，這是你做的滑板？」叮咚八成是想當爸爸想到電線短路了，才把「滑板」都做成了「汽車」！

「不，這些是多功能車。」叮咚說：「它們不只能當滑板，還能當輪椅、按摩椅，可以隨意伸高、

降低，到哪裡都方便，還有喇叭，可以避免被車撞到。」

我瞪大眼睛，忍不住拍起手：

「叮咚，你真棒！」

叮咚努力想，認真做，讓多功能車在不同情況下，變換出不同的模樣。他把小機器人放在肩膀上，陪他一塊工作。「你看，爸爸是不是很厲害？」

小機器人直直看著前方，不說話。

父親節到了，慶祝大會在廣場舉行。妙妙城的兒子、女兒都牽著父親的手、扶著父親的肩膀或是推著父親的輪椅，一塊兒出來看表演。

舞臺一拉開，觀眾全嚇了一跳（跟我預期的一模一樣）。

舞臺上，出現一個一個立體影像：第一隻爸爸魚、第一隻爸爸蛇、第一隻爸爸鳥、第一隻爸爸鼠、第一隻爸爸猩猩……

隨著影像變換，動物之家的「流浪貓狗舞蹈團」登場了！

一隻隻受了傷的小動物，都坐著多功能車，在臺上表演「汽車舞」。

最早的爸爸致敬！
We are the world
Peace

向地球上
LOVE

「向地球上最早的爸爸們致敬！」半空中閃爍著燦爛的字。

貓狗們靈巧的驅動車子，花式舞、高低舞、變換舞……車形變化，舞姿曼妙，真難想像牠們之前都只能趴在床上……

觀眾大聲叫好，個個都拍紅了手（跟我的預期一模一樣）。

節目結束前，所有貓狗忽然停下來，面對臺下。

「最後的掌聲，我們要獻給一位最特別的來賓！」

車燈亮起來、照下來……大大小小的光柱聚在一起，聚成一個圓圓的亮圈圈……

亮圈圈的中央，叮咚驚訝得張開了嘴……

我也訝異的看著臺上（這完全不在我的預期之內呀！）。

「叭叭！」一隻輪椅狗按起喇叭。

「叭叭！」一隻滑板貓也按響喇叭。

「叭叭！」一隻汽車狗也跟著向叮咚打招呼。

「叭叭！」「叭叭！」「叭叭！」「叭叭！」……

大大小小的多功能車，全都亮起了燈，朝著叮咚發出一樣的聲音。

「叭叭！」「叭叭！」「叭叭！」「叭叭！」

「叭叭！」「叭叭！」「叭叭！」「叭叭！」

那聲音，好熱情、好熟悉……

剎那間，我明白了！

這些叮咚一手打造出來的多功能車全都在對著他，大聲喊著：

「爸爸！」「爸爸！」

「爸爸！」「爸爸！」

爸爸！

爸爸！

爸爸！

爸爸!!

爸爸！

「爸爸！」「爸爸！」「爸爸！」「爸爸！」

掌聲在叮咚四周響起。

我微笑的看著叮咚，輕輕對他說：「恭喜你，叮咚，父親節快樂！」

叮咚的胸膛熱了起來，頭頂上的燈轉得更亮了。他肩膀上的小機器人看著前方，迎著晃動的光影，好像……好像也在微笑呢！

親愛的博士：

謝謝您這次沒有幫我（雖然我的程式好像是顯示：您幫不上忙！:)）。

有了這次經驗，我很清楚：我終究是沒有辦法當爸爸的。不過，我已經很滿足了。

謝謝您沒有插手，讓我有機會明白，也有機會嘗到一次當爸爸的滋味。

謝謝您，爸爸，父親節快樂！

叮咚 敬上

隨書附贈

失敗名言錄

失敗愛黏人，失敗有話要說！

失敗想跟我們說什麼呢？

來，請聽怪博士、妙博士為您專訪「十大名人」，聽聽他們怎麼說「失敗」？

紀伯倫：一個羞赧的失敗比一個驕傲的成功還要高貴。

愛迪生：失敗也是我需要的，它和成功對我一樣有價值。只有在知道一切做不好的方法以後，我才知道做好一件工作的方法是什麼。

鯀：治水失敗，我不後悔。至少，它讓我的兒子大禹知道，治水不能用死方法！

精衛：都說我填海不會成功——但是，如果我因此放棄，那才是真正的失敗！

灰姑娘：真失敗呀！我一快跑，竟然會掉鞋子？不過，不掉鞋子，王子怎麼找得到我呢？謝謝我的小失敗，啵！

青蛙王子：一想到我會變成醜青蛙，我就受不了；一想到它讓我找到公主，我就又充滿感謝，嘻嘻！

愛因不斯坦：成功＝工作＋遊戲＋少說空話！同理可證，失敗＝不工作＋不遊戲＋愛說大話！

比爾不蓋你：人生就像打電腦，有時要關機重來，才會成功。想一直失敗？嗯，你只要一直按錯鍵就可以！

佚名：害怕失敗而不敢放手一搏，永遠不會成功。

孫山：喂，幹麼訪問我？我又沒失敗，我是錄取榜上最後一名耶！

路人甲：失敗，就像額頭上的汗珠，臭臭的，但卻顆顆晶瑩、閃閃發亮！

烏雲：我失敗了，大地才得到雨水！

月亮：如果滿月代表我的成功，請別忘記，弦月也很美麗！

編輯：嘿！兩位博士，前面很多都不是名人耶！也超過十位了！

怪博士：哦，不是名人？還算錯了？哇，我又失敗了！

妙博士：哈哈，我也是！嘻，能跟好朋友一塊兒失敗，

也不賴！

大草原，榕樹下，怪博士和妙博士又坐在一起，微笑的喝著下午茶。

妙博士：「嗯，能面對面，坐在一起喝下午茶，真好！」

怪博士：「對呀！有蚊子，也可以一塊兒被叮呢！」

作者的話

失敗和成功一樣美好

文／林世仁

在現實人生中，大家都喜歡成功，討厭失敗。

「成功」這兩個字，金閃閃，光亮亮，敲一敲，還會發出「叮叮噹！」的銅板聲。

「失敗」這兩個字就不一樣了，暗沉沉，像一團爛泥巴，敲它不響，還讓人滿手髒兮兮！

不過，這只是它們的外表。

撥開每一種「成功」，裡頭都亮得不得了！那是鑽石的光——只可惜，光太亮了，讓人只看得到光，卻看不清楚鑽石。

「失敗」就不一樣了，撥開它，裡頭也有一顆鑽石。但是，因為它

是和在泥巴裡，沒有光，反而能看得更清楚。

那鑽石就是故事！

我覺得：有故事的人生，才是有意思的人生。

有時候，換個角度想，成功和失敗的定義可能也會不一樣。

如果把「考第一名」、「當老闆」、「賺大錢」當作成功，那麼，成功的人就很少（而且大多數人好像都得彎下腰、趴下來，讓第一名和老闆踩上去。那真是悲慘的畫面啊）。如果把「身體很健康」、「有好朋友」、「能快樂的吹吹風」、「有正在努力的事」當作成功，那麼，大家都可以成功（而且沒有人需要彎下腰）。

於是，我請怪博士和妙博士現身說法，讓小朋友明白：失敗也有一種獨特的美好。那種美好，一直成功的人可是享受不到的呢！

繪者後記

幾年前，畫「怪博士與妙博士」的時候，我的兩個小孩都還很小，沒有辦法「參與」媽媽的工作。

如今，當我在畫這本「怪博士與妙博士2」時，他們已經會隨時掌握關心我的進度，而且問個不停……

兒子啊～妙和尿差很多喔～

媽媽，你比較喜歡怪博士還是妙博士啊～？

7歲大兒子

我都喜歡（敷衍我小孩）

傻孩子，媽媽也不知道封面會是長什麼樣子啊～～

企劃緣起

讓孩子輕巧跨越閱讀障礙

◎親子天下執行長 何琦瑜

在臺灣，推動兒童閱讀的歷程中，一直少了一塊介於「圖畫書」與「文字書」之間的「橋梁書」，讓孩子能輕巧的跨越閱讀文字的障礙，循序漸進的「學會閱讀」。這使得臺灣兒童的閱讀，呈現兩極化的現象：低年級閱讀圖畫書之後，中年級就形成斷層，沒有好好銜接的後果是，閱讀能力好的孩子，早早跨越了障礙，進入「富者愈富」的良性循環；相對的，閱讀能力銜接不上的孩子，便開始放棄閱讀，轉而沉迷電腦、電視、漫畫，形成「貧者愈貧」的惡性循環。

國小低年級階段，當孩子開始練習「自己讀」時，特別需要考量讀物的文字數量、字彙難度，同時需要大量插圖輔助，幫助孩子理解上下文意。如果以圖文比例的改變來解釋，孩子在啟蒙閱讀的階段，讀物的選擇要從「圖圖文」，到「圖文文」，再到「文文文」。在閱讀風氣成熟的先進國家，這段特別經過設計，幫助孩子進階閱讀、跨越障礙的「橋梁書」，一直是不可或缺的兒童讀物類型。

橋梁書的主題，多半從貼近孩子生活的幽默故事、學校或家庭生活故事出發，再陸續拓展到孩子現實世界之外的想像、奇幻、冒險故事。因為讓孩子願意「自己拿起書」來讀，是閱讀學習成功的第一步。這些看在大人眼裡也許沒有什麼「意義」可言，卻能有效引領孩子進入文字構築的想像世界。

親子天下在二〇〇七年正式推出橋梁書【閱讀123】系列，專為剛跨入文字閱讀的小讀者設計，邀請兒文界優秀作繪者共同創作。用字遣詞以該年段應熟悉的兩千個單字為主，加以趣味的情節，豐富可愛的插圖，讓孩子有意願開始「獨立閱讀」。從五千字一本的短篇故事開始，孩子很快能感受到自己「讀完一本書」的成就感。本系列結合童書的文學性和進階閱讀的功能性，培養孩子的閱讀興趣、打好學習的基礎。讓父母和老師得以更有系統的引領孩子進入文字桃花源，快樂學閱讀！

橋梁書，讓孩子成為獨立閱讀者

◎國家教育研究院院長 柯華葳

獨立閱讀是閱讀發展上一個重要的指標。幼兒的起始閱讀需靠成人幫助，更靠圖畫支撐理解。許多幼兒有興趣讀圖畫書，但一翻開文字書，就覺得這不是他的書，將書放在一邊。為幫助幼童不因字多而減少閱讀興趣，傷害發展中的閱讀能力，親子天下邀請本地優秀兒童文學作家，為中低年級兒童撰寫文字較多、圖畫較少、篇章較長的故事。這些書被稱為「橋梁書」。顧名思義，橋梁書就是用以引導兒童進入另一階段的書。其實，一本書容不容易被閱讀，有許多條件要配合。其一是書中用字遣詞是否艱深，其次是語句是否複雜。最關鍵的是，書中所傳遞的概念是否為讀者所熟悉。有些繪本即使有圖，其中傳遞抽象的概念，不但幼兒，連成人都可能要花一些時間才能理解。但是寫太熟悉的概念，讀者可能覺得無趣。因此如何在熟悉和不太熟悉的概念間，挑選適當的詞彙，配合句型和文體，加上作者對故事的鋪陳，是一件很具挑戰的工作。

這一系列橋梁書不說深奧的概念，而以接近兒童的經驗，採趣味甚至幽默的童話形式，幫助中低年級兒童由喜歡閱讀，慢慢適應字多、篇章長的書本。當然這一系列書中也有知識性的故事，如《我家有個烏龜園》，作者童嘉以其養烏龜經驗，透過故事，清楚描述烏龜的生活和社會行為。也有相當有寓意的故事，如《真假小珍珠》，透過「訂做像自己的機器人」這樣的寓言，幫助孩子思考要做個怎樣的人。

【閱讀123】是一個有目標的嘗試，未來規劃中還有歷史故事、科普故事等等，且讓我們拭目以待。期許有了橋梁書，每一位兒童都能成為獨力閱讀者，透過閱讀學習新知識。

木良、林文寶、林文韵、柯華葳、張子樟、陳木城 聯合推薦（依姓名筆劃排序）

系列特色

★符合中低年級的認字階段，使用文字參考該年段的認讀單字。
★從五千字一本的短篇，延伸至上萬字的讀本，讓孩子循序漸進體會「讀完一本書」的成就感。
★故事類型從貼近兒童的生活幽默故事與童話，到寓言、推理與奇幻故事等多元題材。
★邀請國內優秀的作繪者共同創作，結合童書的文學性和進階閱讀的功能性，輔以現代感與創意的面貌，提升小讀者閱讀的慾望。

家長、老師齊聲說讚

【閱讀123】系列書zozo、yoyo每一本都好喜歡！我很喜歡左右姊妹看一些幽默的童書，像是林世仁老師的《換換書》這類顛顛倒倒、跳脫既定模式的書，總覺得遇上什麼大困難，幽默一點就能坦然度過。推薦給小一～小三的小朋友。
——Selena（「一開始就不孤單」格主）

如果形容達達看《屁屁超人》時的笑聲是「嘻嘻」的話，那麼他看《小火龍棒球隊》的笑聲就是「哈哈....哈！哈！哈！」
——杰士特索瑞（「戀風草書房（獨生子女安親班）」格主）

為了讓孩子愛上閱讀，我「半強迫」全班輪流閱讀【閱讀123】，每週一本，並上台分享。當聽到同學說一本書怎樣好笑好玩，每個孩子都會好想看！學生們high作家和插畫家的程度，不亞於追星族哩！
——楊佳惠（嘉義文雅國小教師）

林哲璋——超能力啟動爆笑神經

屁屁超人與屁浮列車尖叫號

★最新推薦
★年度暢銷作品

屁屁超人與充屁式救生艇

★誠品書店年度TOP暢銷書

屁屁超人與直升機神犬

★誠品書店年度TOP暢銷書
★小學生優良課外讀物推介

屁屁超人與飛天馬桶

★誠品書店年度TOP暢銷書
★義大利波隆納童書展台灣館優良圖書推薦

屁屁超人

★教育部小一新生推薦書
★新北市滿天星閱讀計畫推薦書
★誠品書店暢銷排行榜
★中國時報開卷專文推薦

林世仁——進入無限的想像世界

企鵝熱氣球

★教育部小一新生推薦書
★好書大家讀入選
★中小學生優良課外讀物推介
★誠品書店暢銷排行榜

換換書

★教育部小一新生推薦書
★好書大家讀入選
★新北市滿天星閱讀計畫推薦書
★義大利波隆納童書展台灣館優良圖書推薦

怪博士與妙博士

★好書大家讀年度最佳讀物獎
★誠品書店年度TOP暢銷書
★北市圖好書一百推薦

精靈迷宮——林世仁的押韻童話

★好書大家讀入選
★中小學生優良課外讀物推介

岑澎維——【找不到】的閱讀樂趣

找不到校長

★誠品、金石堂書店暢銷排行榜
★好書大家讀入選
★台南兒童文學月優質兒童文學選書

找不到山上

★中小學生優良課外讀物推介
★台南市圖書館優質兒童文學選書
★德國法蘭克福書展台灣館推薦作品

找不到國小

★好書大家讀年度最佳讀物獎
★中小學生優良課外讀物推介
★新北市滿天星閱讀計畫推薦書

嬉遊民間故事集——現代新視角，再現經典傳奇

奇幻蛇郎與紅花

★台南市圖書館優質兒童文學選書
★誠品書店暢銷排行榜

機智白賊闖通關

★好書大家讀入選
★博客來網路書店暢銷排行榜

一個傻蛋賣香屁

★台南市圖書館優質兒童文學選書
★誠品、金石堂、博客來書店暢銷排行榜

黑洞裡的神祕烏金

★博客來網路書店暢銷排行榜

科普知識系列——融合故事與知識，滿足孩子對世界的好奇

象什麼？

★好書大家讀入選
★中小學生優良課外讀物推介
★金鼎獎兒童及少年圖書類最佳插畫獎
★聯合報讀書人年度童書推薦
★中國時報開卷專文推薦

蟲小練武功

★新書推薦

蟲來沒看過

★好書大家讀年度最佳讀物獎
★中小學生優良課外讀物推介
★誠品書店暢銷排行榜
★義大利波隆納童書展台灣館優良圖書推薦

綠野蛛蹤

★好書大家讀年度最佳讀物獎

天下第一龍

★榮登誠品書店暢銷排行榜
★中國時報開卷專文推薦
★義大利波隆納童書展台灣館優良圖書推薦

進階讀本，挑戰更長篇幅

床母娘的寶貝

★好書大家讀入選
★中小學生優良課外讀物推介

非客尋的祕密

★新北市滿天星閱讀計畫推薦書
★義大利波隆納童書展台灣館推薦作品

歡迎光臨餓蘑島

★誠品書店暢銷排行榜
★誠品 TOP100 暢銷書
★中小學生優良課外讀物推介

坐車來的圖書館

★好書大家讀年度最佳讀物獎

哈拉公爵的神祕邀約

★好書大家讀年度最佳讀物獎
★中小學生優良課外讀物推介

歡迎光臨海愛牛

★博客來親子共享排行榜
★中小學生優良課外讀物推介

童嘉——童年野趣的美好生活

我家有個烏龜園

★好書大家讀年度最佳讀物獎
★中小學生優良課外讀物推介
★榮登誠品書店暢銷排行榜
★新北市滿天星閱讀計畫推薦書
★北市圖最受小學生歡迎十大好書
★中國時報開卷專文推薦

我家有個遊樂園

★好書大家讀入選
★中小學生優良課外讀物推介
★誠品書店年度 TOP 暢銷書

我家有個花果菜園

★教育部小一新生推薦書
★好書大家讀年度最佳讀物獎
★中小學生優良課外讀物推介
★義大利波隆納童書展台灣館優良圖書推薦

謝武彰——用奇幻故事，敲開古典文學大門

中山狼傳

★好書大家讀入選

出雲石

★新書推薦

天下第一蜂

★好書大家讀入選

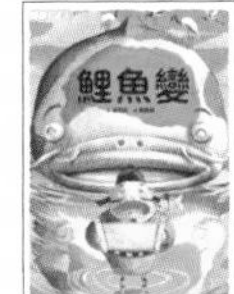

鯉魚變

★教育部小一新生推薦書
★中小學生優良課外讀物推介

板橋三娘子

★中小學生優良課外讀物推介

葉限

★法蘭克福書展台灣館推薦作品

狐狸金杯

★好書大家讀年度最佳讀物獎

南柯一夢

★好書大家讀入選

侯維玲——魔幻故事，滿足孩子的好奇心

金魚路燈的邀請

★好書大家讀年度最佳讀物獎
★中小學生優良課外讀物推介
★台南市圖書館優質兒童文學選書
★誠品書店年度 TOP 暢銷書
★義大利波隆納童書展台灣館優良圖書推薦

小恐怖

★新北市滿天星閱讀計畫推薦書
★義大利波隆納童書展台灣館優良圖書推薦

危險！請不要按我

★中小學生優良課外讀物推介
★新北市滿天星閱讀計畫推薦書
★榮登誠品書店暢銷排行榜
★中國時報開卷專文推薦

閱讀123